Jorge el Curioso

de

H. A. Rey

Traducción: José María Catalá y Eugenia Tusquets

Houghton Mifflin Company, Boston

Printed in China

RFN ISBN 0-395-17075-3
PA   ISBN 0-395-24909-0

WKT   Thirty   Fourth Printing

Este libro pertenece a

_____

Éste es Jorge.
Jorge vivía en África.
Era un monito bueno
y muy, muy curioso.

Un día Jorge vio a un hombre
que llevaba un gran sombrero de paja amarillo.
El hombre también vio a Jorge.
"¡Qué monito tan lindo!", pensó.
"Me gustaría llevármelo a casa".
Puso su sombrero en el suelo
y, por supuesto, como Jorge era curioso. . .
Bajó del árbol
para mirar el gran sombrero amarillo.

El hombre había llevado
el sombrero puesto en la cabeza.
Jorge pensó que sería bonito
llevarlo él en la cabeza.
Lo recogió y se lo puso.

El sombrero cubrió toda la cabeza de Jorge.
No podía ver nada.
El hombre lo agarró rápidamente
y lo metió en una bolsa.
Jorge estaba atrapado.

El hombre del gran sombrero amarillo
metió a Jorge en un botecito,
y un marinero los llevó remando
por el mar hacia un barco grande.
Jorge estaba triste, pero aún era
un poco curioso.

En el barco grande, empezaron a pasar cosas.

El hombre lo sacó de la bolsa.

Jorge se sentó en un taburete y el hombre dijo:

—Jorge, voy a llevarte al zoológico

de una gran ciudad. Verás cómo te va a gustar.

Ahora corre y juega,

pero no hagas travesuras.

Jorge prometió ser bueno.

Pero los monitos olvidan fácilmente.

En cubierta se encontró con unas gaviotas.

Se preguntó cómo es que podían volar.

Era muy curioso.

Finalmente TUVO que probar también él.

Parecía tan fácil. Pero. . .

¡Oh, qué pasó!
Primero esto. . .

¡Y luego esto!

—¿DÓNDE ESTÁ JORGE?
Los marineros miraban y miraban.
Al final lo vieron
luchando con el agua,
y casi completamente agotado.

—¡Hombre al agua! —gritaron los marineros
mientras le lanzaban un salvavidas.
Jorge lo agarró y se sostuvo.
Por fin estuvo a salvo a bordo.

Después de esto Jorge tuvo más cuidado
en ser un buen mono, hasta que finalmente,
el largo viaje se terminó.
Jorge dijo adiós a los amables marineros,
y con el hombre del sombrero amarillo
bajó del barco caminando hacia tierra firme
y luego hacia la ciudad, a casa del hombre.

Después de una buena comida
y una buena pipa,
Jorge se sintió muy cansado.

Se arrastró a la cama
y se quedó profundamente dormido.

A la mañana siguiente
el hombre telefoneó al zoológico.
Jorge lo miraba.
Estaba fascinado.
Luego el hombre se marchó.

Jorge era curioso.
Él también quería telefonear.
Uno, dos, tres, cuatro, cinco, seis, siete.
¡Qué divertido!

¡RING-RING-RING!
¡JORGE HA TELEFONEADO
A LA ESTACIÓN DE BOMBEROS!
Los bomberos corrieron al teléfono.
—¡Hola! ¡Hola! —decían.
Pero nadie respondía.
Luego buscaron la señal
en un gran mapa que indicaba
de dónde venía la llamada.
No sabían que había sido JORGE.
Pensaron que era un fuego de verdad.

¡APRISA! ¡APRISA! ¡APRISA!

Los bomberos saltaron a las bombas de incendios

y a las escaleras.

¡Ding-dong-ding-dong!

¡Apártense todos!

¡Aprisa! ¡Aprisa! ¡Aprisa!

Los bomberos corrieron adentro de la casa.
Abrieron la puerta.
¡NO HAY FUEGO!
SÓLO un travieso monito.
—¡Oh, agárrenlo, agárrenlo! —gritaban.
Jorge trató de escapar.
Casi lo consiguió, pero se enredó
en el hilo del teléfono, y. . .

un bombero delgado lo agarró de un brazo
y un bombero gordo lo agarró del otro.
—Has engañado al departamento de bomberos
—dijeron—. Tendremos que encerrarte
donde no puedas hacer más travesuras.
Se lo llevaron
y lo encerraron en una cárcel.

Jorge quería salir.
Se subió a la ventana
para probar las rejas.
Justo entonces el guardia entró.
Se subió a la cama para agarrar a Jorge.
Pero era demasiado grande y pesado.
La cama se levantó,
el guardia cayó,
y rápido como un rayo,
Jorge salió por la puerta abierta.

Corrió por todo el edificio
y salió al tejado. Y entonces
se alegró de ser un mono:
anduvo por los hilos de teléfono.
Rápida y calladamente por encima
de la cabeza del guardia,
Jorge se escapó.
¡Ya era libre!

Calle abajo,
fuera de los muros de la cárcel,
se encontraba un vendedor de globos.
Una niña estaba comprando un globo
para su hermanito.
Jorge observaba.
Estaba siendo curioso otra vez.
Pensó que TENÍA que conseguir
un globo rojo.
Se abalanzó
y trató de alcanzarlo, pero. . .

en lugar de un solo globo,
todos ellos se desprendieron.
Y en un instante,
el viento se los llevó cielo arriba
y con ellos iba Jorge,
agarrándose fuertemente con las dos manos.

Arriba y arriba se fue volando, cada vez más alto.

Las casas parecían de juguete

y las personas eran como muñecos.

Jorge estaba asustado.

Se sostenía con todas sus fuerzas.

Al principio el viento soplaba muy fuerte.

Pero luego se calmaba.

Y al final paró del todo.

Jorge estaba muy cansado.

Empezó a bajar y a bajar, hasta que. . . ¡bum!, cayó sobre un semáforo.

Todo el mundo lo miraba con sorpresa.

El tráfico se convirtió en un revoltijo.

Jorge no sabía qué hacer.

Y entonces, oyó que alguien lo llamaba:

—¡JORGE!

Miró hacia abajo y vio a su amigo, ¡el hombre del gran sombrero amarillo!

Jorge estaba muy contento.

Y el hombre también.

Jorge se deslizó por el poste
y el hombre del gran sombrero amarillo
lo sostuvo en brazos.

Luego pagó todos los globos
al vendedor.

Entonces Jorge y el hombre
subieron al coche
y finalmente, se alejaron calle abajo. . .

¡Hacia el ZOOLÓGICO!
¡Qué lugar más bonito
para vivir!